詩集

源氏物語の女たち

坂田トヨ子

コールサック社

詩集

源氏物語の女たち

目次

『源氏物語』登場人物関係図

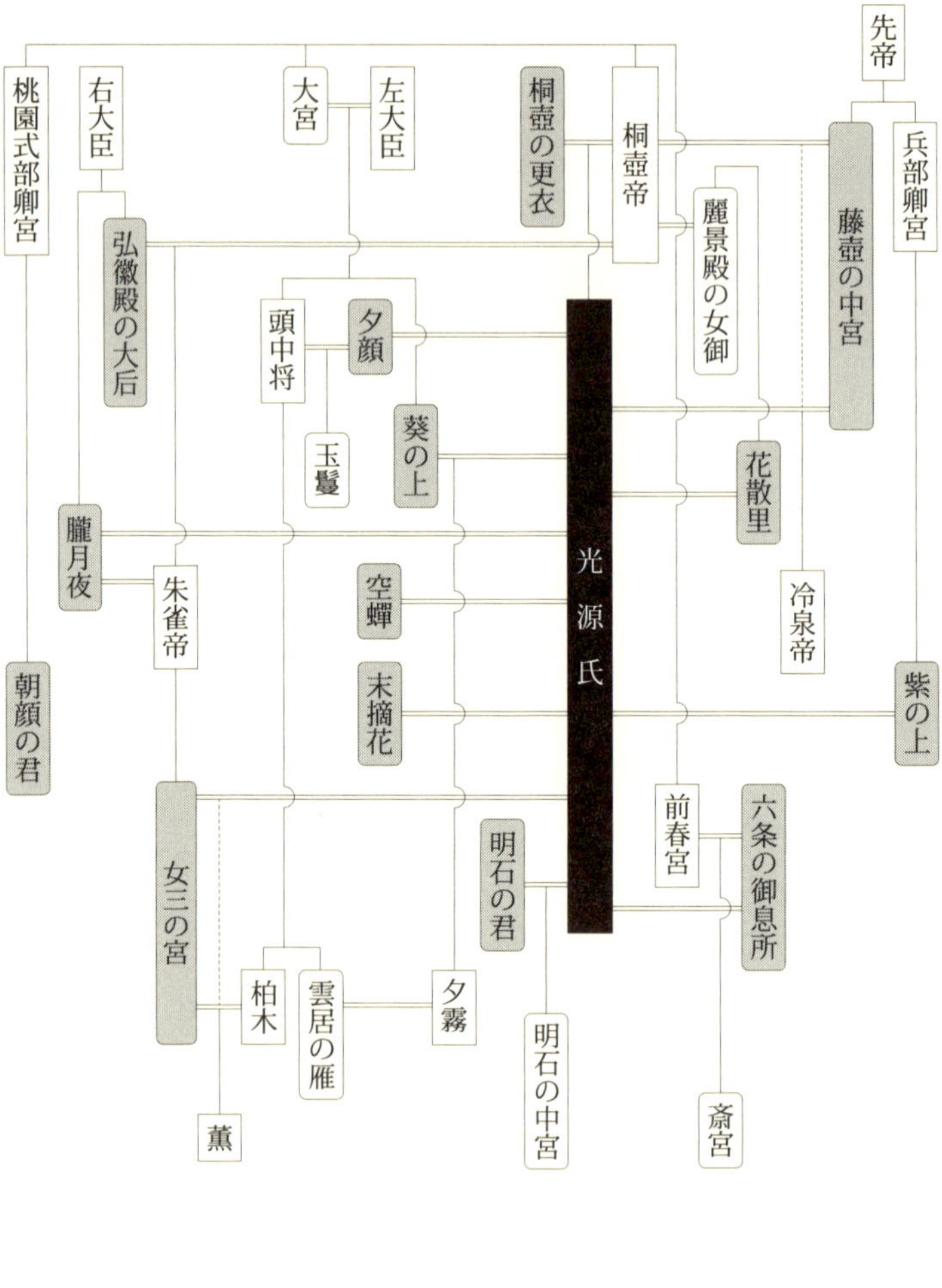

詩集

源氏物語の女たち

坂田トヨ子

桐壺《きりつぼ》の更衣《こうい》

私《わたくし》はもっと生きたい
まだ幼い我が子のためにも
私を愛してくださる帝のためにも
私を懸命に支えてくれる母のためにも
生きていなければならないのです
もっともっと生きていたいのです

按察使《あぜち》大納言だった父は
私を後宮にとお望みでした
父が亡くなって他に後見もないのに

母は父の願いを叶えようと必死でした
玉のような御子が生まれると
涙を流して喜んで懸命に支えてくれました

けれど、身分の低い私が帝の御寵愛を受けることは
並み居る高貴の方々の恨みを買うことでした
お召しがあってもその方々の前を通るとき
刺すような目や言葉だけでなく
衣を汚されたり、道を塞がれたり
途方に暮れることばかり――

それでも後宮を去らなかったのは
帝の真心を信じていたからです
皇子が生まれると
帝はそれはそれは喜んで可愛がってくださいました

自分の産んだ子ながら本当に美しい御子
この皇子の成長を見届けたい
それは何ものにも代えられない願い

けれど　皇子を産んだことで
周りの方々の恨みは増すばかり
特に先に皇子をお産みなされた
弘徽殿《こきでん》の女御《にょうご》さまのお怒りは
私の耳にも届くほどでした

私がどんなに気を遣ってもどうしようもなく
帝の御寵愛に応えようとすればするほど
私の苦悩も絶えず　食事も咽を通らず眠れず
身体はやせ細り衰弱していくのでした

帝はそれでもお側から離されず
私もお気持ちは痛いほど分かるのですが
後宮で儚くなってしまうわけにはまいりません
これ以上は耐えられないと
お暇を願い出てもお許しも頂けなくて
やっと退出できたのは
もう私自身が虚ろになっていくような時でした
そのまま私の魂は身体を抜け出してしまいました

まだまだ生きたかった
後見のない皇子の先行きは一番の心残り
帝のお心を信じてお任せするしかありません
あの皇子に一番良い地位をくださることを
母がいないことで不幸を招かぬようにと
ただただ　祈るだけでございます

弘徽殿《こきでん》の大后《おおきさき》

一

この私が帝に疎んじられるなど
あって良いものか
第一皇子を産んだ私を蔑《ないがし》ろになさるとは
何ということか
右大臣の父の力をもってしても
帝のお心は捉えられないとは——

帝はかの更衣ごときに現《うつつ》を抜かされ
他の女御方のお召しもなければ
更衣を恨む人々も多くなるばかり

妨害や意地悪を受けるのも当然のこと
帝というものは
特に高位の女御方を大事にしなければ
政《まつりごと》も乱れると言うではないか

第二皇子が美しいと皆が褒めそやすが
第一皇子は私の子
この皇子こそ春宮《とうぐう》になるはず
たかが更衣腹の皇子が春宮になるなど
許されるはずがない
何としてもここは通さねば
右大臣の父の面目も立たない

二

帝の更衣への寵愛は

更衣の命を縮めてしまった
あれだけ人の恨みを買えば生きては行けまい
帝は哀しみに暮れて引き籠もられる
面白くない私はわざと管弦の楽などを催し
私と帝の心は離れていくばかり

でもそうさせたのは帝とあの更衣
私は私の皇子を帝にさせてみせる
皆が更衣腹の皇子を褒めそやすためか
どこか自信なげな我が息子
それでもやっと春宮となり
私は春宮の母
この皇子を父と一緒に盛り立てていくのだ
そして次は帝の位

目障りな第二皇子は臣下になった
さすがに帝もどんなに可愛がっていても
春宮に就けることはできなかった
しかしまだ油断はできない
父のためにも私たち一族のためにも
しっかりと揺るぎない地盤を固めなければ

三

更衣を亡くして沈んで居られた帝に
誰が勧めたのだろう
更衣とそっくりの先帝の姫がいると
母親はあまり乗り気ではなかったようだが
何度も望まれて　うら若い姫が入内された
まだ十六歳だという
帝はたちまちこの姫に夢中になられた

こちらは女御で位も高いため
誰も意地悪などできない
美しい姫と並んであの皇子が引き合いに出され
輝く日の宮　光る君　などと並び賞せられ
帝はご満悦のようだが
春宮をもっと大事にして頂かなければ
示しがつかないではないか

この若い藤壺《ふじつぼ》の女御とも
私は闘わねばならなかった
息子が帝になれば
当然私は中宮となるはずだったが
藤壺の宮に皇子が生まれると
帝はこの宮を中宮と定められた

息子が帝になれば　大后なのだからと言われ
不服ではあったが承諾するしかなかった
次の春宮を藤壺の宮の皇子に
その後見を源氏の君にと遺言を残し
私を苦しめた帝は亡くなられた

私は哀しみよりもほっとしたのだった
我が子は朱雀《すざく》帝として最高の位に就いた
私と父の時代が来たのだ

四

それにしても目障りなのはあの男
臣下に下ったとは言え、何事にも優れていると
我が朱雀帝を凌ぐ人気

腹立たしいことに帝でさえ
あの源氏には一目置いている様子

あの男がこともあろうに私の妹を――
姫（朧月夜《おぼろづきよ》）は帝のお気に入りで
后候補になっていたものを　何ということ
どこまで我が一族の邪魔をするのか
だが　思うようにはさせるものか

父はいっそ源氏と結婚させた方がと言うが
そんなこと　私には許せない
何としても妹は朱雀帝の元に置かねば
帝もそれを望んでいるのだから

やっと御くしげ殿の位に就け

帝と睦まじくやっているかと
ほっとしていたのに
病《やまい》下《さ》がりの妹はこっそりと連絡を取り合い
あの男と逢っていたとは
怒髪天を突くとはこのことか

帝の寵姫と密通するなどと
謀反の企みがあると言われても弁明出来まい
あの男をつぶすにはもってこいの機会
狼狽《うろた》える父を説得して姫を謹慎させ
源氏の役職を全て取り上げるのだ

五

源氏は自ら須磨へ落ちた
懲罰としてこの手で追放したかったが

さすがにこちらの思惑が分かったのだろう
これまで源氏を仰いでいた者も
こちらに寄ってくる
左大臣は自ら辞職した
もはや政は　父と私の思いのまま
この上は春宮を変えてしまえば
あの男の出る幕はない

けれど　それも長くは続かなかった
八の宮を春宮にと働きかけていた矢先
父が病に倒れ儚くなった
都が何となく落ち着かず
私も物の怪に悩まされ
朱雀帝も眼病に苦しんでいる

六

桐壺院の怨霊が枕元に立たれ
何故　源氏を大事にしないかと
眼光鋭くお怒りになったのだという
それ以来　帝はすっかり塞ぎ込んで
私が反対するのも聞かず
源氏を呼び戻してしまった

家臣たちは都合の良いもの
いつでも強い方に付くのだ
気の弱い帝や我が一族を
源氏がどうするか　まだ負けてはいられない
そうは思っても　もう思い通りにはならない

源氏が復帰すれば

我が一族は排斥されるかと思っていたが
朱雀帝を立てて事を荒立てはしないようだ
その帝も譲位し出家するという
もはや私の時代は終わるのだ
これも時の流れと受け入れるしかないのか

いつもいつも突っ張って生きてきた私の
一生は何だったのだろう
望みを捨てれば穏やかな暮らしがあったのだろうか
けれど私はその時々を懸命に生きてきた
そうするほかにどんな生き方があったのか

葵《あおい》の上《うえ》

一

左大臣の姫は春宮妃にと
物心ついた時から言われ続けて
妃としてふさわしく育てられた私
当然春宮からのご要望もあったのに
父上は源氏の君を選ばれたのです
桐壺帝もそれをお望みだと

光る君と呼ばれる美しさ
その上何をなさっても優れておいでとか
元服の式を終えられて

父と共に我が家にお迎えしたその方は
まだ十二歳
私は四歳も年上で何やらそれも恥ずかしく
どのように接すれば良かったのでしょう

夫婦の契りを結んでもあの方はどこか遠くて
いつも隔たりだけが感じられるのでした
父上も兄の頭中将《とうのちゅうじょう》も
あの方を敬いそれは大切に持て成します
けれどわが家は
あの方の落ち着かれる所ではないようで
お通いも少なくなって　間遠になって……

あの方の夜毎の行方も心も知らず
ただ待つだけの妻

結婚とはこういうものなのかと寂しく思っても
それを素直に表すのも憚られたまま
左大臣の姫として誇り高くあらねばと
いつもあの方の前では取り澄ましてしまうのでした

二

その内に私のお付きの女房と契られたり
どこやらの女をご自宅になど
聞きたくもない噂も
女房たちの話の中に聞こえてくるのです
母上はお嘆きになるのですが
父上も兄もそれも仕方がないことと諦めている様子
あの方が見えると大喜びで
一家を挙げて持て成すのでした

私と居てもあの方は楽しそうでもなく
私も気詰まりなまま
会いたくないときだってあるのですが
お迎えしないと父上から呼び立てられる
取り繕ってもお互い分かってしまうのです

二人の心の隔たりは埋まらないまま
結婚九年目にして私は懐妊したのでした
両親はそれはそれはお喜びで
子どもができればあの方も落ち着いてくださるか
やっと本当の夫婦になれるかと
期待もしていたのでした

三
つわりが酷くて気分の悪い日が続き

葵祭にも出かけるつもりもなかったのに
あの方の晴れ姿を見ないなんてなどと
女房たちにせがまれて出かけたあの日
人の波　牛車の波をかき分けて
進むのも大変なようです
それでも久々の外出に皆はしゃいでいました

お供の男たちにはお酒の勢いも加わって
ほとんどの車は道を譲ってくれたようです
ところがいよいよという所で小競り合いが始まって
双方の供の者たちの激しい喧嘩に——
何とあの六条《ろくじょう》の御息所《みやすんどころ》の車だったのです

前春宮妃だったというあの夫の想い人
おとなたちが止めても若者は聞かず

気がつけばあちらの車は壊され
片隅に追いやられています
何ということと思う間もなく
煌《きら》びやかな行列が通りかかって
何も知らないあの方は
私の車を認めて会釈して通り過ぎます

あの方の美しさに
女房たちや近くの車からため息や感嘆の声が上がります
壊れた車の中でどよめきの声を聞く女性《にょしょう》の思いに
気付かぬふりしていた私
いいえ　あくまで私の知らぬ事
あの方の正妻は私以外ではないのですから

四

産み月が近づくと
私は気が遠くなるほど苦しくて
どんなに加持祈禱されても治まりません
子どもを産むということは
こんなにも苦しいことなのでしょうか
それとも私はこのまま死んでしまうのでしょうか

苦しんでいた私を抱き寄せたあの方は
初めて優しい声を掛けてくれました
薬も自ら飲ませてくださったし
ああやっと本当の夫婦になれるのかと
思ったのもつかの間

苦しみは増すばかり
何かに祟られているのかと思えば

加持祈禱の声も遠くなるようです
それでも生まれてきた男の子
両親もあの方も涙を流して喜んで
やっと私も一息つけたのでした

これで安心とだれもが思ったことでしょう
あの方も安心して宮中に出かけられたのです
すぐに帰るからと
これまでにない優しい声を掛けて

けれど赤ん坊の声が遠くなっていく
すでに死の淵にいるのでしょうか
やっと生まれた我が子を抱くこともできず
だれにも別れを告げる暇《いとま》さえなく
この世を去らねばならないのでしょうか

六条の御息所

姫を一人授かって
皇太子妃としてわずか四年
逝ってしまった人を愛していたのかどうか
それさえもう思い出せない
寂しさや不安を紛らわせてくれた
貴公子たちとの語らいは楽しかった

その中で目立って輝いていた源氏の君
美しさも豊かな才知も教養も
将来の栄華を感じさせるに十分だった

皇太子妃の名を傷つけてはいけないと
頑なだった私を溶かしてしまったのは
あの情熱的な優しい言の葉と燃えるように私を求める瞳

けれど幸せな時は短かった
若い魂は私一人のもとに留まらない
私が求めれば求めるほど　あの人は遠くなってしまう
こうなることは分かっていたのに
抑えきれない激情が時に私を貫く

せめてあの美しい姿を見れば気も晴れるかと
人目を忍んで出かけたあの日
あのような屈辱を受けることになろうとは
車も壊され引き返すこともできずに
呆然自失の私を知るよしもなく

あの人は輝いて通り過ぎていく
私の中に鬼が生まれたのはこの時だったか

葵の上の所為ではないと分かっていても
あの人の子どもが生まれると聞けば
屈辱が甦り身も心も粉々に打ち砕いてしまう
抑えられない鬼が暴れ出す

気を失ってしまった私が何をしたのか
洗っても洗っても消えない護摩の匂いが
髪にも身体にも染み付いていて
私がのろい殺したなどという
おぞましい世の噂

私は一体どうなってしまったのか

鬼になってしまった姿を見られては
もうあの人に会うことはできない
それなのにどうして思い切れないのか
もう会うまいと心を決めても
次の瞬間には会いたくて会いたくて
いつも切なくあの人を想ってしまう

あの人の住む都を離れよう
斎宮を拝した娘に付き添って伊勢へ
娘のためにだけ生きるのだ
これ以上惨めな自分には耐えられない
想いを断ち切ろうと此処まできたのに
久々に野の宮まで尋ねてきたあの人は
また優しい言葉で私を引き留める
けれどもう迷わない

私の一生は辛いことばかりだった
もっと幸せな人生もあったろうに
別の生き方があったのだろうか
あの人を愛したことが苦しみの始まりだった
こんな思いを娘にはさせたくない
このことだけは伝えておかねば
娘の将来をあの人に託すしかないのだから

満たされないまま燃え尽きる私の命
出家したとて鬼は消えてはくれない
けれど命が尽きればそれも消えてしまうのだろう
ただただ哀しみの露となって
せめて庭の草木に宿り
あの人の裳裾をわずかでも濡らすことができようか

夕顔

あの日も私はぼんやりしていた
狭い路地に入ってきた牛車も乗っていた人も
身をやつしてはいたけれど貴紳のお方か
ひょっとしたらと覗いたのも
頭中将様が探しに来てくださったのではと
けれど　それは見知らぬ人
夕顔の花を求めて来たお付きの人に
見事に咲いた一輪を扇に乗せて差し出したのも
退屈しのぎ

この先　私は何処に行けば良いのか
まだ幼い娘もいるのにと
先の見えない日々を虚しく漂っていた
実直な方だと頼っていたあの方は
探してもくださらないのか
探しても見つけ出せないのか

あの方の正妻は右大臣のお姫様
何の後見もない私は
時々通ってきて頂ければと思っていたのに
それさえ許されない我が身とは――
正妻の脅しが怖くて逃げて来たものの
娘を乳母に預けたまま
狭苦しい他人の家の片隅に身を潜めて
女房たちにも何の手だてもなく

夕顔の花の縁であの人が忍んできたのは
そんなときだった
身をやつし顔さえ見せずにいたけれど
噂の光君とは直ぐに知れた
その場しのぎでも構わない
漂い出す心を留めてくれるのなら
甘い言の葉と肌の温もりに
虚ろな心が満たされていく

互いに名乗り合わないまま
夜ごと通ってくる人は
あちこちから物音や声まで聞こえる
この狭い部屋に落ち着かない様子
二人でゆっくり出来る所に行こうと

言われるままに付いてきたお屋敷は
庭木も伸び放題で何だか恐ろしい
女房の右近と恐る恐る入ったけれど
あの人に抱かれていればもう怖くはない

何の物音も聞こえない静かなお屋敷
やっと顔を見せたあの人は
自分の美しさに自信たっぷりで
確かに頭中将さまより若く美しい
けれど私はすげなく応えて
あの人の反応を楽しんでいた
問われても名を明かさぬ私を
あの人はいっそう強く抱きしめる

いつまでこうしていられるのか

殿方の心は移ろいやすく頼りない
先のことは分からないけれど
暖かい腕の中にいると
何もかもどうでも良くなってくる
このまま時間が止まってくれたらいいのに

夕顔の侍女　右近

一

私のお仕えしていたお方さまが
あんなにあっけなく儚くなってしまわれるなんて
あの夜のことを思い出すたび
どうしてと胸がつぶれるようでございます

私と乳姉妹のお方様はとても可愛らしい方でした
一生この方を大切にお仕えしようと思っていました
頭中将さまがお通いになられたときは
良い方に見初められて良かったと安堵したのです
でも　御正室からの脅しには

耐えられなかったのでございます

まだ生まれてまもない姫を乳母に預け
何もすることもなくただ日々を過ごし
隠れ住んでいた粗末な住まいに
貴紳の方のお車を見かけたときには
ああ　やっと中将さまが迎えに来てくださったかと――

それは源氏の君でございました
手持ちぶさたなお方さまはそれでも楽しそうで
源氏の君の御執心を面白がっていらっしゃいました
あの夜も始終物音の聞こえる狭い住まいから
ちょっと逃れて気晴らしにと思われたのでございましょう

君の急なお誘いに厭ともおっしゃらず

私も慌てて付いて参ったのでした
車が着いたお屋敷の雰囲気は恐ろしげでしたけれど
お二人ともそれさえ楽しまれていらっしゃるようで
ぴったり寄り添っていらっしゃったのです

二

それがあのようなことになろうとは
夜中　君のお声で目を覚ましますと
灯も消え暗闇のただならぬ気配
こわがりのお方さまが気になっても
恐ろしくて動くこともできず震えているばかり

やっと灯が届くとお方さまは息もなくもう冷たくなって――
私は恐ろしい夢を見ているようでした
ご家来の惟光《これみつ》さまがいらっしゃらなかったら

どんなことになっていたか
思うだに恐ろしいことでございます

私はただ泣きながら　ご指示に従って付いて行き
形ばかりの弔いを済ませても悲しく辛いばかりで
私もお方さまと御一緒にと後を追いたい一心でしたのに
源氏の君はお許しにならず
お側にお仕えするようにと懇願されるのでした

君の気落ちは激しくお窶《やつ》れも酷い有様で
この方まで儚くなってしまわれてはと
気が気ではなく懸命に看病いたしました
お方さまのことをお話するのはこの方だけ
それは源氏の君とて同じ事でございました

三

姫を預けていた乳母を捜したのは
どれだけの月日が経っていましたことやら
どこに行ってしまったものか
何一つ手がかりもなく——
私に残された使命はこの姫を捜し出すことと
毎年　長谷観音に願を掛けて
お参りしていたのでございます

その願いが叶った時は
天にも昇る気持ちでございました
これでやっと私も許されるという気になりました
源氏の君もそれはそれはお喜びで
この上なく大切に持て成して頂きました
実のお父様にお知らせしなくて良いものかと

心配もいたしましたが
そこは君にお任せするしかございません
田舎で育てられたとは思えないほど気品もあり
身の回りも美しくりっぱに整えられて
実の父上とも対面されたのでございます
姫を守ってくれた乳母一家もお召し抱えくださり
もう私の心配することはございません
お方さまの御霊にもやっと御報告することができます

あの恐ろしい夜から
もう二十余年も過ぎてしまいましたのに
あっという間のようでもありました
人の運命など本当に分からないものでございます

空蟬《うつせみ》

まさかあのような夜になろうとは
人の気配に目を覚ますと
声を上げる間もなく抱え上げられて
何が起こったのか分からなかった
ただ恐怖に震えていたが
女房の驚く声に我に返ると
源氏の君らしい
「夜が明けてから迎えに来るように」などと
女房もどんなに驚いたことか

騒ぎを大きくすることは出来ない
源氏の君の部屋に下ろされたとき
唯ひたすら拒むしかなかった
精一杯の抵抗をしても
拒みきれなかった夜が明けていく

私も父に入内を望まれていた女
娘の頃であればまだ受け入れることもできたろう
けれど
父の死で受領の後妻になるしかなかった
私には不釣り合いな御方
口惜しさが身を貫く
所詮あの方には戯れか気まぐれか

けれど夫にはない華やぎや優しい言葉

そして気が遠くなるような香り
度々届く文《ふみ》の美しさ
揺れてしまう我が心の頼りなさ

眠れぬ夜を過ごす私の寝間に
幼い弟を手懐けて忍び込む気配に
私はとっさに着物から滑り出て逃れた
残った義妹には悪かったけれど
再び抱かれて後の我が身に自信がなかった

私があの方に夢中になれば先は見えている
夫の元を去ることはできず
哀しい思いをするのは自分の方だと
光の君とも呼ばれる方が
私などに目を向けるのは束の間のこと

拒むことしか道はない
拒むことで繋がった細い糸

夫に連れられ伊予に下り
そしてまた次の任地へ
源氏の君の光も途絶え失脚の噂
あんなに眼を掛けて頂いた弟は
源氏の君の元を離れてしまった
もう細い糸さえ切れて

けれど十数年も経って
夫と任国より戻る途中
石山寺に御参拝の御一行と
偶然にも出会ったのだった
ご立派な御一行に思わず涙さえ滲んでくる

それから夫に死に別れた私に
義理の息子が言い寄って来ると
出家するしか身を守ることは出来なかった
そんな私を哀れみ
お屋敷に置いてくださるのは
源氏の君の優しさか

それに縋るしかない私の哀しみを
どう想ってくださるのか
空蟬とはよくも名付けたものよと
鳴けぬ蟬の一生を思いながら
仏道三昧の日が暮れていく

末摘花《すえつむはな》

お母様は早くに亡くなられ
お父様も亡くなられ
お兄様は早くに出家され
残された侍女たちと日長一日
変わることの無いその日暮らし

そんなある日
思ったこともなかったお方の訪れに
私は侍女に言われるまま　なされるまま
生きていくとはそのようなものかと

でもそのお陰で食べるものも
屋敷も衣類も揃えて頂き
侍女たちは大喜びの様子

けれどそのお方の訪れもなくなると
侍女たちにあれこれ言われても
私にはどうしたら良いのか分からない
侍女たちも一人二人と減っていく
叔母一家は筑紫に下ることになり
一緒に来るようにと勧められるけれど
どうしたらよいのか私には分からない
返事ができない私は
叔母を怒らせてしまったようだけれど
頼りの侍女が叔母に付いて行ってしまうと

残された者は年老いた者ばかり
食べるものにも事欠き
屋敷も庭も荒れ放題
光の君のお出でを待つしかない
寒くなっても暑くなっても
ただただ　待つしか術も無い
その内に来てくださるに違いないと

そうやってどれ程の月日を過ごしたのだろう
このまま屋敷と共に朽ち果てる定めかと思う頃
光の君は忘れずに来てくださった
屋敷を整えられ、美しい衣も届けられ
永い時の流れに漂うように
待つことしかできない私を
お見捨てなく守ってくださった

二条院に移されてからも
美しいお庭やお部屋に囲まれて
静かな穏やかな日々が流れていく
侍女たちも
もう私を困らせることもない

末摘花の侍女

お姫様はお気の毒なお方
世が世ならばもっと大切にされるお方なのに
お屋敷とともにうち捨てられたようで
何を言ってもはかばかしいお返事もなく
何を考えておられるのか
下々の私たちには分からない

そんな方をあの光の君が訪ねて来られた時は
みんな驚いてうろうろするばかり
文のお返しも姫様はしようとなさらない

年増の侍女から貴女がお返事をと言われて
どぎまぎしながら認《したた》めた文
あれを光の君がご覧になったと思うだけで
身体が震えて来るようでした

それでも光の君のお陰で屋敷も着物も整い
食べるものにも不自由しなくなって
皆が安心したのもつかの間
あの君が須磨に流されたという噂

この先どうなるのか誰にも分からず
屋敷も荒れていくばかり
食べるものにも事欠くようになっても
お姫様は　ただ待っていらっしゃるだけ
侍女たちも次第に減っていく

叔母様一家と筑紫の国へ同行するようにと
誘われても何の返事もなさらない
叔母様は怒って行ってしまわれる
仰るようにもう光の君も当てにはできない
このままでは私も飢えるのを待つだけ

お姫様を見捨てて行くのは申し訳ないけれど
背に腹は代えられない
筑紫の国に下った方がまだましのようだし
後ろ髪引かれながらも私は大宰府まで来てしまった
あの後どうなったことか
残った侍女は行く当てのない年寄りばかりで

それにしてもあの光の君が何故

あのようなお方と契られたのか
色白で黒髪は長く美しいけれど
美しいとはとても言えないご容貌
おまけにあの長く垂れたお鼻
寒くなるとその先が末摘花のように赤くなられて
何事にもはっきりとしたお言葉がない
高貴な方はそれでも良いのかも知れない

訳が分からないけれど罪のないお姫様だから
お屋敷が朽ち果てる前に
どなたか助けてくださったただろうか
気がかりではあるけれど
私にはどうすることもできない

藤壺

一

お美しい若君でした
帝はいつもかの君をお連れだったのです
私にはこの方の母とも思えと仰せでした
私は若君の母上さまに生き写しだとも
私と若君の歳の差は五歳
「輝く日の宮、光る君」と
人々に並べて賞せられていた頃が
一番幸せだったのかもしれません

ご成人遊ばされると同時に

左大臣家の姫と結婚され
身近にお会いすることもなくなりました
それを寂しく想う我が身を訝《いぶか》しく思いこそすれ
帝からのご寵愛は有り難いばかりで
不足など想ったこともありませんでした

私の入内を拒んでいました母が亡くなると
兄の勧めるままに入内したのでした
母は野望渦巻く後宮に
私を置きたくはなかったのでしょう
若君の母上は隠微な嫌がらせのために
病に斃《たお》れられたと聞き及んでおりましたから

更衣ではなく女御であったことが幸いしたのか
後宮の方々もあからさまな嫌がらせは

お出来になりませんでした
それでも憎まれてしまうのは
帝のご寵愛が私の上にばかりということですが
それは私にはどうすることもできません

二

お歳を召された帝はお優しく
これ以上何を求めましょう
それなのにかの君はそんな私に
切ない恋心を訴えられます
そのようなことが公にでもなったら
一体どうなることか

そんなこともお分かりにならないのかと
辛い私の思いをかき乱し

実家《さと》下がりしていた折に
女房を口説き落として忍び込まれた君は
逃げようとする私を抱きしめ放されません
あの時　私に魔が差したのでしょうか
あの切ない情熱を受け入れてしまったのです

罪の意識に戦《おのの》く私に懐妊の兆し
それからはただただ苦しみの日々でした
帝は何もお気づきではありません
久方ぶりの御子の誕生に大喜びで――
生まれた御子はかの君にそっくりで
私の心は罪の重さにつぶれそうでした

思いは君とて同じだったことでしょうに
まだ逢いたいなどと文を遣わされます

そのようなことが許されるはずはないのです
これ以上帝を裏切ることはできない
あくまで帝の御子で通さねば
私たちの身の破滅だけでなく
帝さえも笑いものになるのです

後のことをお考えになられた帝は
私を中宮に立てられ
御子を次の春宮にと定めた上で
譲位されたのです
そうして朱雀帝の御代となったのでした

三

一番に入内なされた弘徽殿の女御さまは
当然のことながら中宮の位をお望みでしたが

桐壺帝は譲られず
帝の御生母大后として宮中に残られ
朱雀帝を支えておいででした

上皇となられた院とともに宮中を離れ
長閑な日々を過ごしましたのは
幾とせでしたでしょうか
心に秘することを持ち続けることは
誠に辛いことですが
誰に打ち明けることもできません
あの世まで持って行くしかないのです

宮中を離れれば君のお姿を目にすることも
ほとんど無くなりました
院とともに在りながら

ふとした折にかの君を想っている己に
愕然とさせられ思わず身震いするのでした

特に青海波《せいがいは》を舞われたお姿の美しさは
この目に焼き付いてしまっていました
あの時の舞はまっすぐに私の心を貫き
思わず涙が溢れてきたのでした
お若い頃から何をなさっても優れた君でした
だからこそ
私への想いも抑えようとはなさらなかったのか
それとも　母恋の情がそうさせたのか
忘れられないことならば
胸底深く沈めるしかありません

院がお隠れになると

中宮という最高の位を戴きながら
宮中には出かけにくくなりました
まだ幼い春宮のことが気がかりではあっても
大后とその父上の支配される宮中に
私の居場所はありません

実家で過ごすようになると
また君は無体なことをおっしゃるのです
どんなことがあっても
春宮をお守りすることが私の勤め
それをこそ支えて欲しいのに

この君のお心をお諫めするには
私が出家するしかないと心を決め
院の一周忌を済ませたその時にと

秘かに準備して成し遂げたのでした

四

春宮にお会いするのもますます難く
寂しさを託《かこ》つのも
ひとえに春宮をお守りするためと
ひたすら勤行《ごんぎょう》に努めていましたのに
何と言うことか
かの君は全ての官位を剝奪され
自ら須磨に落ちて行かれたのです

右大臣と大后の御威勢極まる世の流れに
春宮の位さえ危うい状況だというのに
助けてくれる人もなく
あの二年半の何と永かったことか

どうなることかと案じても
ただ仏にお縋りするしかありません

私の懸命の念仏が届いたのか
朱雀帝は君のお帰りを許され
やがて春宮は晴れて冷泉《れいぜい》帝として即位
かの君は伊勢の斎宮であられた姫を
親代わりとして入内させられ
太政大臣の位に就かれました
これでもう新帝の御代も安泰です
それはかの君の時代でもあったのです

ただ一つ気がかりなのは
病の床で朦朧として夜伽《よとぎ》の加持の僧を前に
秘する苦しみを口にしてしまったような――

けれど僧が他言することはありますまい
私とかの君の秘め事はそのままで
時代は移り変わっていくのでしょう
秘めずに済む出逢いであったらと
想うことさえ罪深いと言われましょうか

朧月夜

一

月の美しい夜だった
夜が更けても眠れなくて
ひとり和歌など口ずさみながら
花の宴の余韻に身を任せていた
まさかこのような時にこの弘徽殿に
忍び入る男がいるなど思いもせず

そっと袖を捕まれたとき声も出せず
人を呼んでも震えてしまう私を
あっという間に細殿へ抱え下ろしたその人は

それでも助けを呼ぼうとする私に言ったのだった
「私は何をしても許される者ですから
人をお呼びになってもいいけれど
深い夜のあわれを知る貴女なら
お分かりでしょう　私の心を」

その声はあの花の宴で聴いた光君の声
女房たちの憧れの的のそのお方
花の宴でも目立って輝いていたお方
それが分かると震えながらも
恋心も分からぬ女とは思われたくなかった
甘い言の葉と　えもいわれぬ香りに包まれると
私は抗いようもなく——

夢か現か呆然自失の私の耳に

朝のざわめきが聞こえてくると
慌ただしく別れの時はやってくる
名を問われても応えることはできない
現《うつつ》に戻れば私はこの方とは結ばれてはならぬ運命《さだめ》
春宮の妃にと決められていた身
でも　どうなってしまうのだろう
思い乱れる私を残して
あの方は印にと扇ばかりを取り替えて
出て行ってしまわれた

右大臣の父も弘徽殿の女御である姉も
知れば激怒するに違いない
けれど　私は
もう　あの方のことばかり想ってしまう

二

名乗らなかったのは私
あれから何の音沙汰もなく月日だけが流れていく
このまま春宮のもとに入ることもできないのに
何も知らぬ周囲ではその準備が着々と進められていく

光君とのあの夜は夢のようにも想われてくるけれど
いつまでも身についた残り香と
取り替えた扇はまぎれもなく
そして　私のこの苦しい胸の内

思い悩む私の前にあの方が現れたのは
ひと月も経った藤の宴でのこと
私の過ちを知った父は
いっそあの方を私の夫にとも考えたが

姉は応じなかった
姉はどうしてこうもあの方を憎むのか
けれど　あの方もそれを望んではおられないのだ

妃になれない私は御くしげ殿と呼ばれる位についた
どんな位でも実家にいるより宮中の方がまだ心が晴れた
あの方とまた逢うこともできる
私の初めての恋は禁じられ
禁じられた恋の炎は哀しく燃えさかる

三

私の心が光君にあることを知りながら
帝は妃になれない私を寵愛なさる
それでも私はあの方とのたまの逢瀬を
何よりも求めていた

折良く位は上がり
尚侍《ないしのかみ》としてお仕えするようになった私に
帝は笑みさえ浮かべておっしゃるのだ
「こんなに貴女を愛しいと想うのに
貴女はあの方を想っていらっしゃるのだね
光君は全てにおいて私に勝るお方ではあるけれど
貴女を想う心だけは私の方が勝っているのですよ
覚えておいてください」

もったいなくも申し訳なくも思うけれど
あの方を忘れることなどできない
私は帝のお言葉に涙を流しながら
ああ　あの方を知らなかったら
帝の愛にまっすぐ応えられただろうにと

己の心を制御できない恋の深みに落ちていくばかり

四

人目を憚る恋は
切なくやるせなく燃え続け
たまの逢瀬をむさぼるように続いていた

それなのに帝の御寵愛は深まり
私をお側から放そうとなさらない
病のためにやっと実家下がりしたあの時は
病が癒えるより早く示し合わせて
私たちは夜ごとの逢瀬を重ねていた

あの方の胸に抱かれ他愛のない話を交わすことが
どんなに楽しかったか

身も心も一つになれるこの時間のために
私は生きていた　他には何もいらない

このまま夜が続けばいいいと願っても
朝はすぐにやってくる
手引きをしてくれる女房だけが
いつもはらはらしていたことだろう
同じ屋敷に父もあの姉さえもちょうど居たのだから

五

そして遂に　破局は突然訪れた
あの雷雨の夜
雷鳴の激しさに怖じ気付いた女房たちが
私の部屋に集まって来て
夜も明けるというのにあの方は出るに出られず

手引きした女房だけがおろおろしている
若さはそれさえ楽しんでいたのかも知れない

雷鳴がやっと遠くなったとき
心配した父の急な見舞を受け
慌てた私は上着を羽織りにじり出た
そこに男帯が一緒に付いていたのを見つけた
父の驚いた顔
おまけにあの方が書かれた文が見つけられ
父の顔が青くなったり赤くなったり
私は生きた心地もしなかったのに
言葉を失った父に向かって
あの方は艶然と笑って見せた

父は叫びながら姉の部屋へ走り

激怒した姉と父は
私を謹慎させ見張りの者に囲ませた
やがて　光君は全ての官位を剝奪された　と
ああ　私のために　むざむざ
私があきらめれば良かったのか

六

「何をしても許される者」だったはずのあの方は
自ら都落ちをなさるという
謀反の罪で流罪にされるよりということだが
何ということだろう
私たちはただ愛し合っただけなのに
もう二度と逢うこともかなわないのか
文の遣り取りさえ自由にできなかった私は
生きていることさえ疎ましかった

けれど　私は　大后の妹　そして　右大臣の　娘
あの方が都落ちしても許されないのに
私はわずか三月で宮中へ
何度も裏切った私を帝はまだ可愛がってくださる
合わせる顔もないけれど
私の居場所はここしかないのだった

めっきり気弱になった私を哀れみ
それでも変わらぬ愛を誓ってくださる
月日が経つにつれ私の心も甦ってくるようだった
父と姉に阻まれて思いのままに生きられない私を
ご自分と同じ境遇だと思われたのか
父と姉はその帝さえも思い通りにしようとなさる

七

光君の見えなくなった都には
暗い影が拡がるようだった
あれほどの方であっても
官位が無くなれば人々は離れて行く
大后と右大臣の思いのままの政に
帝は何もおっしゃれない

そうやって二年半の月日が流れていった
父は亡くなり姉も病がちで
帝は目の病に苦しまれていた
夢枕に父君桐壺院が立たれお怒りになったという
光君を尊重するという御遺言を守らなかったからだと

この二年半の苦しみは
光君よりも帝の方が大きかったのかも知れない

その苦しみがお身体を蝕んでいたのだ
あの方は明石で
お子さえお作りになっていたのだから

帝は初めて大后の言葉を退け
光君に都へのお帰りを許された
晴れてお帰りになったあの方は
宮中にりっぱに返り咲かれた
御威勢は年々栄え何と偉大になられたことか
私には　須磨や明石の頃よりも
更に遠くの方になってしまった
あの方の何処にも私の居場所はない
帝の変わらぬ愛だけが私の救いだった

六条の院には愛された女君たちが

それぞれにりっぱなお屋敷を頂き
あの方は自由に行き来してお出でだとか
その上　帝は一番愛される姫を
あの方に正妻として託されたのだった
引き裂かれた私の恋は不幸だったが
あの時　引き裂かれなかったら
もっと不幸になっていたのかもしれない

私は帝がおいたわしくお側を離れなかった
譲位されて御出家なさると聞けば
私も共にと申し上げたがお許しにならなかった
しばらく後にと諭されて
寂しくなった実家に下がるしか
私の行くところはない

八

生涯を通して私を大事にしてくださった
朱雀院の優しさが身に沁みていた
帝という最高の位にありながら
何一つご自分の思いのままには
生きてこられなかった方の哀しみも

それなのに院が西山に入られると
光君の執拗な誘いが始まった
恋の季節はとっくに過ぎ去ってしまった
私はお会いするつもりもなく
決してお誘いには乗らなかった
静かに出家の準備をするだけだと

けれどあの方は相変わらず強引で

手練手管に長けたあの方は
私の周囲の者を使って夜更け突然　私の屋敷を訪れた
時の太政大臣ともあるお方を追い返す訳にはいかず
障子を隔ててお見舞いを受ける

十数年ぶりのしみじみとしたお声を聞けば
我知らずお側にと心が揺れる
けれど　今夜の訪れを
生涯一度の私の恋の弔いとしよう
間もなく私も出家する身
この方との熱い想いも喜びも哀しみも
時の流れの中に埋もれていくばかり

明石の君

お父様　これで良かったのですね
あなたの教えの通りに生きてまいりました
つまらない男と結ばれるくらいなら
海へ身を投げよといいながら
ありったけの愛情を注いで育てられた私は
源氏の君と結ばれるために生まれてきたのだと
いま　思います
あのお方が須磨にいらっしゃらなかったら
私などとてもお側にも寄れない方でしたのに

住吉詣での折りに偶然出合ったあのお方の行列は
これまで見たこともないほど豪華で威厳があって
私は近づくことさえできませんでした
身分違いは分かっているつもりでしたが
これほどとは――
あのお方は二人で過ごすときには
そのような素振りさえお見せにならず
私を大切にしてくださいました

けれどいつかお別れする日が来る
その不安はあまりに早く現実となりました
都へ来るようにと何度お便りを頂いても
あの行列を思い出すとたじろいでしまうのです
ただ一つの救いは
娘を授かったことだけでした

この姫を頼りにお父様の強い勧めに従って
都へ参ったのでございます

あのお方は明石の頃のように
私が独り占めできるような方ではございません
訪れも少なく　その上
まだ幼い我が娘を手放すように言われたときは
私はすべてを失ってしまうのか
そうなればもう訪れさえ無くなってしまうのではと
狂おしく　嵐になぎ倒されそうでした

でも　お父様の望みを叶えるためには
姫をお預けする方が良いのだと
お母様に諭され　心を決めるしかなかったのです
姫のいなくなった館はがらんとして

冬の寒さが身に沁みました
暖かな明石がどんなに恋しかったか
お母様はなおのことでしたでしょうに

でも　あのお方は私をお見捨てにはなりませんでした
だからこそ何時いらっしゃってもいいように
そしてその日が最後になっても悔いが残らぬようにと
精一杯　もてなしました
身の程をわきまえよ　といつも
自らを戒めて参りました

その甲斐あって
紫の上に託した姫はりっぱな春宮妃として宮中へ
お計らいのお陰で私は数年ぶりに姫と顔を合わせ
後見役としてお世話をすることができるように

何と嬉しい日々でありましたことか

ご出産のため六条院に下がられると
お母様は別れたきり会えなかった孫を見たさに
老人にはお許しをと言いながら
御側ににじり寄っていかれるのです
お后もお婆様と認められ
ご自分の生まれと此処にいる運命の不思議に
涙を流しながら話に聞き入ってくださいました
お父様の夢のお話も　一人残って山に入られた事も

お若い身で見事に皇子をご出産
源氏の君もそれはお喜びで
この都でも並ぶ方はないほどの栄えようでございます
お世継ぎにも次々に恵まれ

遂にお父様に抱かれたあの姫が
今をときめく中宮となられたのです
やがてお父様の曾孫が帝となられる日が参ります
私もそれを誇りに思います
ただ　せめて成長された姫をご覧に入れたかった——

紫の上のお計らいのお陰で
姫や御子たちのお側近くにお仕えできますことは
この上ない幸せというものでございましょう
渋る私を説き伏せて
源氏の君と巡り合わせてくださったお父様
あなたのおっしゃる通りあの出会いは
運命だったのでしょうか

花散里《はなちるさと》

お美しい方々ばかりの六条院に
淡い間柄でしかなかった私を迎えてくださった
しかも夏の町の主として
このように大切にして頂くとは――

桐壺院の女御だった姉の後ろに
隠れていたような私が
あのお方と結ばれたのは
まだお若い頃の気まぐれか成り行きだったか

あまりにお美しいりっぱなお方で
初めは気後ればかりで
私など　と思っておりました
何をしたら良いのかも分からずに

唯お一人のご子息（夕霧）をお預かりしたとき
どんなに嬉しかったことか
このお子のお世話をすることが
どんなに楽しいことだったか

このお方を通してこの世の広さ深さを
教えて頂いたような気さえいたします
六位と蔑まれながら辛抱強く学び
長年の恋も実らせてご立派におなりで

そのご成長をお側で拝見できたことは
何と幸せなことだったでしょう
そのご子息たちもお世話することが出来て
母も祖母も味わわせて頂きました

源氏の君と男女のことはなくなっても
時にはお疲れを癒しに来てくださって
お美しい方々の間で気を揉み
此処に来ると気が休まるなどと

女君方に贈る衣装を相談されたり
薫香作りを頼まれたり
お役に立てることが嬉しくて
張り切ってやったものでございます

ある時には夕霧さまと
あの方の陰口まできいてしまいました
御自分のお盛んなことは棚に上げて
夕霧さまに御意見なさったというもので

もちろん私も女ですもの
北の方や一条の宮様のお心が気がかりで
夕霧さまにはそれとなく御意見していましたが
男君には抑えられないお心もおありのようで

それほど激しい喜怒哀楽の情とは無縁の
穏やかな人生でございました
それは源氏の君のお力に守られていた
ということなのでございましょうか

紫の上

一

私がいちばんあの方に近い
私がいちばん愛している
私がいちばん愛されている
私がいちばん理解《わか》っている
幾度　呟いたことか
まじないのように呟くことで
自己《おのれ》を支えて来た
あの方の側にいるときは
それが全て満たされてしまう

私にはあの方しかなくて
私もあの方のただ一人の女になりたくて
望まれる通りの女になろうと
ただひたすらに努めてきた

けれど世に背かれ都落ちされて
離ればなれの失意の底でさえ
あの方には求める女君があって
子どもさえお作りになっていた
それを知った日の
心の震えをどう表せば良いのか
寂しさに懸命に耐えて留守を守り
お帰りだけを待っていた二年半の年月

ああ私も子どもが欲しい

子どもがいたら気も紛れように
あの方はそんな私に
その幼子を託されたのだった

可愛い我が子を手放すしかなかった女性《にょしょう》の
哀しみや辛さを想いながら
父母の愛に薄かった私は
この子にそのような想いだけはさせまいと
精一杯の愛情を注いだ
姫は私を母と慕い　願い通りに育っていく
それは確かな喜びだった

二
この姫も美しく成長し
あの方の望み通り皇后となられ

明石の君も父上の願いが叶ったとお喜びで
あの方の勢力は並ぶ者がないほどになった
六条院はこの世の極楽と人はうらやむ

いくつもの山を越え谷をも越えて
やっとたどり着いた平穏の日々
これであの方とふたりゆっくり暮らせると
思った矢先
うら若き宮様を正妻に迎えられるとは――
朱雀院のたっての願いとか

世間の好奇の目に突き刺されながら
私は住み慣れた部屋を明け渡す
あの方はいろいろと言い訳をなさる
けれどもう私は頭を上げているだけで精一杯

あの方の恥にならぬよう気を配るだけ
女とは何と哀しいものか
見るべきものは全て見たような気さえして
この世に未練も無いと思うのに
独り寝の枕が濡れる

心が折れると病が身に入り込む
私はただただ出家を願った
けれどあの方は聞き入れてはくださらない
少女の頃から兄とも父とも慕ってきたお方が
ご自分の哀しみだけを訴えられる
振り切って世を捨てることは出来ない

偉大だったあの方は
私が死を前にしたとき小さな子どもであった

この方を残してどうして逝けよう
けれどもう私の魂は
この身体を離れて自由になりたがっている

朝顔の姫君

何と美しい殿でしょう
うっとりと見詰めていたいくらい
斎宮の御禊《みそぎ》に供奉《ぐふ》される殿のお姿に
すっかり眼を奪われてしまったほど

あの御方から頂いたたくさんの文
季節や思いに相応しい紙や筆跡の美しさ
そして心奪われる和歌の数々
何をなさってても優れていらっしゃる
これ以上の御方を私は知らないけれど

度々の求婚を受けながら
お受けしなかったのもそのため
あの御方の妻の一人になったら
きっと心穏やかな日々は過ごせない
六条の御息所さまの嘆きが
私のものになると分かってしまったから

あれほどの御器量や教養をお持ちの女性に
惨めな思いをさせてしまう殿
生き霊になるほどの苦しみを味わってまで
あの方の妻になりたいとは思わない
女は一人の殿に心寄せても
殿方は幾人もの妻を娶るのが世の常

賀茂の斎院に立っていた時も
折々に文を交わしておりました
それは世間の非難を浴びることでした
それでも文を頂けば
お返しせずにはいられなかった――

父が亡くなって斎院を退下すると
結婚の求めは執拗になり世の噂にもなって
一緒に暮らす叔母様も
生計《たつき》を見て頂くのならばお受けするのが当然と
けれど私は斎院時代の罪を償うためにも
仏道に勤めたいと申し上げたのでした

これで良かったのでしょう
明石の姫君の入内のおりには

あの御方の求めに応じて
薫香を調達したり草子を書いたり
少しはお役に立てたようです

折に触れて頂く御文は
私の生涯の楽しみです

女三の宮

一

私が六条院に降嫁してきたのは
まだ十四歳でした
母を亡くした私の行く末を案じたお父様が
薦められたご縁です
熱心に求婚した若い人たちもあったようですが
あれこれと考えられた末のご決断と
お父様は出家する前に安心したかったのでしょう

六条院の噂は聴いていました
美しいお方たちが幾人もお住まいの

春夏秋冬を表したお庭やお屋敷
まるで極楽浄土のような所だと
あの方のご立派なことも
だからきっとお父様みたいにお優しい方だと

お父様は私が何をしても
可愛い可愛いと微笑んでいらっしゃった
でもあの方は違っていました
あれこれと優しいお言葉で指図なさるのですが
私はぼんやりで　お気に召さないような

私は少し窮屈に感じるようになって
女房たちがお渡りが少ないなどと言っても
かえって気が楽で……
でも一度だけは心から嬉しかったことが

二

それは琴《きん》を教えてくださったこと
お父様の五十歳のお祝いを六条の院でなさるために
私に琴をと冬の夜な夜な手を取って教えてくださった
あんなに一生懸命になったのは初めてのことでした
誰にも教えたことがないと言われる琴を
私に教えてくださるのが嬉しくて

皆さんお揃いでお試しなさった女楽
紫の上は和琴
明石の御方は琵琶
女御の君は箏《そう》の御琴
私は琴

あのように緊張したことは初めてのこと
けれど弾き終えた時の嬉しさ誇らしさ
これならお父様にもきっと喜んで頂ける
久しぶりにお目に掛かれる嬉しさも
一層大きくなっておりました

でも　翌日
紫の上が病に倒れられたというのです
あの方も付きっきりで　お渡りもなく
お祝いも延期され　琴もそれっきり
一人で弾きならしてみても張り合いもなく

紫の上の病は回復が遅れて
お祝いも延期に延期を重ねたのでした
そんな時にあのような事が起ころうとは

三

乳姉妹の小侍従の知り合いという男
私を慕っていると文を届けられても
どうしたら良いのか分かりもせず
文など書く気もなくて放っておいたのに
突然寝所に現れて
凍り付く私の前でひたすらかき口説き
私はただただ恐ろしくて震えているだけ
何が起こったのか分からないまま——
それが懐妊という一大事に……

気分も優れず食事も喉を通らず
ただうつうつと日を過ごしておりました
私の様子があの方の耳に入り

さすがに放っておけなくなってのお渡りに
会わせる顔もなく顔を背けているばかり

小侍従は隙をみては文を届けてくるのですが
煩わしくて読む気にもなれず放っておいたものを
何とあの方が持って帰られたというのです
迂闊さを小侍従に責められても
私はおろおろするばかり

そうするうちにも私のおなかで育つ子ども
気分も優れず　ただ恨めしいばかり
あの方の目は冷たく光り
私は消えてしまいたかった
それでも男の子が生まれたのです

女房たちはあの方の冷たいそぶりを
不審がっておりましたが
あの方は子どもの父親をご存じで
誰に明かすこともできず
私に向けられる言葉が突き刺さるようでした

このまま死んでしまいたい
死んでしまうのだと思っていました
その前に一度お父様にお目にかかりたい
でも出家なさったからには叶うはずのない願い
そのお父様が夜陰に紛れて訪ねてくださった
どんなに有り難く救われたことか

今を逃せば私は一生救われない
出家させてほしいとお願いすると

お父様も随分驚かれたご様子
でも、何も聴かずに願いを叶えてくださった
あの方は引き留めようとなさるのですが
私はもう何もかも捨ててしまいたかった

四

それからやっと心が楽になって
不思議に少しずつ元気になってきました
生まれる前はあのように厭わしかったのに
幼い子どもは側にいるだけで
周りを明るくしてくれます

けれどまたあの人の最期の文だというので
仕方なく開けば　切ない歌が乱れた文字で
ああ遂にあの人も居なくなってしまうのか

私も一緒に煙になってしまいたいとも思い
その日　初めて返しの文を認《したた》めたのでした

しばらくして亡くなったという知らせ
三十二歳の若さで逝ってしまったあの人を
世間の人は「あわれ柏木」と哀しんだそうですが
本当のことを知っているのは
小侍従と私とあの方だけ
誰にも話せることではありません

私はもう心を煩わせることもなく
ただ念仏を唱えているだけの
穏やかな日々となり
幼な児の成長を見るのは唯一の楽しみでした

五

あの方はたまにやってきては
愚痴めいたお話をされていましたが
もう私には関係のないこと
紫の上が亡くなると一年の月日を引き籠もられて
出家された後にお隠れになったのでした

六条院で過ごした日々も遠い昔のこと
こうしてのんびりと日を送るのが
私には似合っているのでしょう

すくすく大きくなった我が子は
身体から芳香が漂うというので
薫る君と呼ばれるようになり

あの子の将来を慮るあの方の計らいで
薫は冷泉帝の養子となりましたが
私に対する労りは変わらず優しい若者に

あの子を産んだことがせめてもの
私の生きた証しでしょうか

【解説】

女たちの人生を賭けた内面の真実

坂田トヨ子詩集『源氏物語の女たち』に寄せて

鈴木　比佐雄

坂田トヨ子さんが、今までの既刊詩集のテーマとは異なる詩集『源氏物語の女たち』を刊行した。その原稿を読んだ時の驚きは、不思議なことに『源氏物語』の「葵の上」など多くの薄幸の女たちの生きた「哀しみ」と「喜び」が、心に木霊してくるようだった。私は学生時代に買った与謝野晶子訳の『源氏物語』の上下本を今も大事にしている。五十四帖は短編物語の集合体でもあり、評論などで『源氏物語』のどこかの帖の登場人物が論じられた時には、そこの帖を読み返したりしてきた。『源氏物語』は日本文学の最も重要な古典であり、多くの研究書が書かれ続けている。口語訳では、与謝野晶子、谷崎潤一郎、瀬戸内寂聴などの数多くの訳がある。また世界の多くの言語にも翻訳されている。それらを通して多くの文学者、研究家、愛好家たちが『源氏物語』の魅力に惹きつけられてきた。読者は『源氏物語』の歌物語であり高貴な香りのする文体の魅力、スケールの大きい構想力、そして何よりも男女の機微や情愛の細やかさなど、人生の深さと儚さを感じて、生きることの根本的な意味を考えさせられるだろう。なぜ紫式部はこのような物語を書くことができたか。もともと受《ず》領《りょう》で学者でもあった父の日本・中国の歴史書などの書籍を読むことが自由にでき、兄よりも記憶力が良く、父は男であればと嘆いたそうだ。『源氏物語』以前に右大将道綱母の『蜻蛉日記』があり、道綱母と藤原兼家との夫婦関係の苦悩を記した日記文学を、もっと優れた物語文学にしようとする志があったのだろう。さらに兼家の子で当時の最高権力者の藤原道長から娘の彰子の家庭教師に任じられ、一条天皇が彰子のもとに来る時には、『源氏物語』の続きを女房たちに読ませたそうだ。『源氏物語』は道長の支援を受けただけでなく、宮廷内の名声と続編の期待が高まり、一〇〇七〜一〇一二年には書かれたと言われる。そして多くの写本もされてこの千年の間に想像を超えた読者を獲得していった。

坂田さんはあとがきによると十年以上前から木原庸子氏が講師をされている『源氏物語を読む会』に参加して、『源氏物語』を本格的に読み始めた。四、五年経た頃に登場してくる女たちを詩にしたいと思い、「紫の上」から書き始めた。その詩を木原氏に見せたところ、驚かれて「続けて書いてくださいね」「早く書かないとだめです」と言われて完成を望まれたが、木原氏は二〇一三年に亡くなられてしまった。坂田さんが今回の詩集を出すことは、師と読書会の仲間たちの励ましに応えることだった。また長年教師をされていた坂田さんは、仕事を辞めた後に『源氏物語』を本格的に読むことが長年の夢だったが、いつしか『源氏物語』に登場する女たちの想いを連作し、詩集にすることを夢見て、今回それを実現したのだろう。

坂田さんは『源氏物語』の中から中心的な十六名の女たちを選んでその十六篇の詩を書き上げた。『源氏物語』の語り手は宮廷に仕える女房が三人称で語るという前提だ。坂田さんの連作詩篇は、光源氏に関わる女たちの人生を賭けた内面の真実が、モノローグの「私」として語られ、光源氏という魅力的な人物によって、絵巻物のように十六名が現れて輝き出すのだ。『源氏物語』を現代に生かすという観点からすると、この詩集の光源氏を愛した女たちが、自分の運命やプライドや美意識からその想いを自ら語り出すという試みは、『源氏物語』の新しい解釈であり、とても斬新な試みだ。読者を一気に千年前にタイムスリップさせると同時に、千年後の現代人が忘れている内面の真実を率直に伝えてくれる。

例えば「桐壺の更衣」では、光源氏を残して死んでいくことに、「後見のない息子の先行きは一番心残り」と桐壺の更衣が想いを語る。「弘徽殿《こきでん》の大后《おおきさき》」では、桐壺や光源氏を排斥しようとしてきた弘徽殿が「そうするほかにどんな生き方があったのか」と時の流れを受け止める。「葵の上」では、正妻だが心が通わなかったが、子が生まれ「これまでにない優しい声を掛けて」くれたのに、死んでいく無念さを語る。「六条の御息所《みやすんどころ》」では、「葵の上」を呪い殺したと噂を流された「六条の御息所」が、露となって「あの人の裳裾をわずかでも濡らすことができようか」と尽きぬ想いを告げる。「空蟬《うつせみ》」では、「拒むことで繋がった細い糸」であり、援助する「源氏の君の優しさ」を感じて「空蟬とはよくも名付けたものよ」と呟く。「末摘花《すえつむはな》」では、「美しいとはとても言えない」私を「光の君は忘れずに来てくださった」し「お見捨てなく守ってくださった」と堅く信頼し続ける。「藤壺」では、「私は若君の母上さまに生き写しだとも」言われ、光源氏の「切ない情熱を受け入れてしまった」ことにより、不義の御子を産んでしまう。そのことは誰にも打ち明けずに「あの世まで持って行くしかない」と出家することを決意する。

その他「夕顔」「朧月夜」「明石の君」「紫の上」「朝顔の君」「女三の宮」などの独白は、女たちの人生を賭けた内面の真実が語られていて、率直で心に染み入るものばかりだ。「源氏物語」を初めて読む人も、また再読したいと願う人も、この坂田さんの詩集『源氏物語の女たち』を読むことによって、『源氏物語』を書いた紫式部の女たちに込めた真の想いを豊かに想像することができるだろう。

あとがき

太宰府で木原庸子先生が講師をしてくださる「源氏物語を読む会」（新婦人の小組として）が行われていることは、友人や昔の教え子のお母さんから聞いていた。退職したら是非参加したいと思っていたが、何やかやとあって、やっと参加できたのは、二〇〇六年の十二月だったか。二十人余りの人たちが熱心に先生の話に聞き入っていた。

当番になった人が原文を読み、また円地文子の訳文を読んだ上で、木原先生の説明が付け加えられた。毎回、わずかずつしか進まない。木原先生の源氏物語に対する思い入れは並大抵のものではなく、紫式部の天才性や、世界に誇れる文学であることを常に強調されていた。また、平安時代の貴族の感性のすばらしさ、例えば、自然の美を感じる心の豊かさ、音楽や和歌にみられる文化の高さ、四季の移り変わりと共にある暮らしの優しさなどをたっぷりと語られるのだ。それと比べて、現代の騒々しいばかりのテレビ文化を批判したり、また、現代の荒んだ世相を憂えたり、政治の貧困、世界の平和への思いへと話が広がっていくのだった。

私は、谷崎潤一郎訳の源氏物語を途中までしか読んでいなかったが、その後、いくつかの現代語訳、その周辺の本を読んでいく内に、人物配置や設定の巧みさ、その面白さ、人間観察の深さに心を揺さぶられ、「紫式部は天才だ」と呟いていた。初めは、何処で切って良いか分からないような原文も、声に出して読んでいくと味わい深いものとなった。

会に参加するようになって、四～五年経ってからだったと思う。紫の上の思いを詩にして、恐る恐る先生に持って行くと、びっくりしたような顔をして読まれ、直ぐに、「これはいいですね。皆さんで読みましょう」と、早速、お世話係の方にコピーを頼んでくださった。けれど、先生には、残念なことに、六条の御息所と明石の君までしか読んで頂けなかった。

先生は、「これは、是非、続けて書いてくださいね」と言ってくださった。私が、「はい、ぼちぼち書いていこうと思います。良いライフワークができました」というと、「そんなことを言っていると、書けなくなるから、早く書かないとだめです」と真顔でたしなめられるのだ。私は、曖昧に返事をしたのだったが、それは、亡くなられる数ヶ月前のことだった。

二〇一三年、二月十八日、先生は、脳溢血で、突然、亡くなられた。数日前に、その月の源氏物語の会に少し遅れて出席され、「私はこの会に出ると元気になるのですよ」と言われていたのだったが。

より良い社会を築くための活動に生涯を捧げられた先生だった。先生が亡くなられて後も、何とか自分たちでやっていくことになった。遠方からの参加者は止められたので、十人余りになったが、原文と円地文子訳を当番が読み、その他の本や資料があればそれも紹介し合うという形で、古典学習二十五年の人も始めたばかりの人も、和気藹々と現在も続いている。

詩を書いて持って行くと、皆さん喜んで読んでくださった。「詩を読んで、良く分かるようになった」とか、「この女君のイメージは私とちょっと違う」とかいう声もあった。言葉遣いの間違いを指摘して頂いたり、不足を意見して頂いたり、私にとって、本当に有り難い会だった。初めの先生の言葉や、この会がなかったらこの詩集は生まれなかった。

その感謝の思いで経過を詳しく書きました。千年も前の女性が書いた物語を通して現代を生きる私たちが繋がることは、何と素晴らしいことかと思います。もし、この詩集を読んで源氏物語に関心を持ってくださる方があれば、望外の喜びです。

原稿を読んでくださった鈴木比佐雄氏が「独特の世界で引き込まれますね。源氏物語が身近に感じられます。コールサックで出版しましょう」と言ってくださって、担当の座馬寛彦氏も大変丁寧に応じて頂きました。装画は、県詩人会で一緒に幹事をした三重野睦美さんが快く引き受けてくださいました。それを使って素敵なカバーにして下さった奥川はるみ氏。皆さんに心からお礼を申し上げます。

二〇一七年　夏の終わりに

坂田トヨ子

坂田トヨ子（さかだ　とよこ）

1948年生まれ

所属　福岡詩人会議（詩誌「筑紫野」）、詩人会議、
現代詩ハテナの会、このゆびとまれ、炎樹の会、
戦争と平和を考える詩の会（詩誌「いのちの籠」）、
福岡県詩人会、日本詩人クラブ、日本現代詩人会、
九条の会詩人の輪、各会員

詩集『コスモス』『生きにくい時代』『少年たち・花』
『それでも海へ』『耳を澄ませば』『あいに行く』

現住所　〒812-0882　福岡市博多区麦野5-14-34-103

石炭袋

詩集『源氏物語の女たち』

2017年10月31日初版発行
著　者　坂田トヨ子
編　集・発行者　鈴木比佐雄

発行所　株式会社 コールサック社
〒173-0004　東京都板橋区板橋2-63-4-209
電話 03-5944-3258　FAX 03-5944-3238
suzuki@coal-sack.com　http://www.coal-sack.com
郵便振替　00180-4-741802
印刷管理　（株）コールサック社　製作部

＊装画　三重野睦美　　＊装幀　奥川はるみ

落丁本・乱丁本はお取り替えいたします。
ISBN978-4-86435-313-7　C1092　￥1500E